U0066596

圖．文 이지은 李芝殷

小時候只要到了盛夏的夜晚，奶奶就會親手幫我做一碗紅豆刨冰，那個滋味既消暑又甜蜜。
搞不好那碗紅豆刨冰就是「雪虎大雜燴」。
這麼一說，那些夏夜好像也短暫的下過雪。
你問我是不是真的？
好吧，給我好吃的，我就告訴你 。

繪本 0299

紅豆刨冰傳說

팥빙수의 전설

팥빙수의 전설 (The Story How the Korean Shaved Ice Dessert was Born)
Copyright © Gee-eun Lee, 2019 All rights reserved.

No part of this book may be used or reproduced in any manner
whatever without written permission except in the case of brief quotations embodied in critical articles or reviews.

This Traditional Chinese Characters translation edition was published by CommonWealth Education Media and Publishing Co., Ltd. in 2022, by arrangement with Woongjin Think Big Co., Ltd. through BC Agency, Seoul & Japan Creative Agency, Tokyo.

文．圖｜李芝殷　譯｜葛增娜
責任編輯｜張佑旭　封面設計｜王瑋薇　美術設計｜王瑋薇、邵易謹　行銷企劃｜溫詩潔、翁郁涵
天下雜誌群創辦人｜殷允芃　董事長兼執行長｜何琦瑜
兒童產品事業群
副總經理｜林彥傑　總編輯｜林欣靜　主編｜陳毓書　版權主任｜何晨瑋、黃微真
出版者｜親子天下股份有限公司　地址｜台北市 104 建國北路一段 96 號 4 樓
電話｜（02）2509-2800　傳真｜（02）2509-2462　網址｜ www.parenting.com.tw
讀者服務專線｜（02）2662-0332　週一～週五：09:00~17:30
傳真｜（02）2662-6048　客服信箱｜ bill@cw.com.tw
法律顧問｜台英國際商務法律事務所．羅明通律師
製版印刷｜中原造像股份有限公司
總經銷｜大和圖書有限公司　電話：（02）8990-2588
出版日期｜ 2022 年 7 月第一版第一次印行
定價｜ 360 元　書號｜ BKKP0299P　ISBN ｜ 978-626-305-238-3（精裝）
訂購服務
親子天下 Shopping ｜ shopping.parenting.com.tw
海外．大量訂購｜ parenting@cw.com.tw
書香花園｜台北市建國北路二段 6 巷 11 號　電話（02）2506-1635
劃撥帳號� 50331356　親子天下股份有限公司

立即購買 >

國家圖書館出版品預行編目(CIP)資料

紅豆刨冰傳說 / 李芝殷文．圖；葛增娜譯.
-- 第一版. -- 臺北市：親子天下股份有限公司, 2022.07
56面；21×25 公分. -- (繪本；299) 注音版
譯自：팥빙수의 전설
ISBN 978-626-305-238-3(精裝)
1.SHTB: 圖畫故事書--3-6歲幼兒讀物
862.599　　111007043

紅豆刨冰傳說

文・圖｜李芝殷

譯｜葛增娜

大家靠過來，從現在開始，

我要說一個有趣的故事。

很久很久以前，

有一個不冷又不熱，

一切都剛剛好的日子。

眨眼．眨眼．

嘩啦 嘩啦

細嚼
慢嚥

綁緊

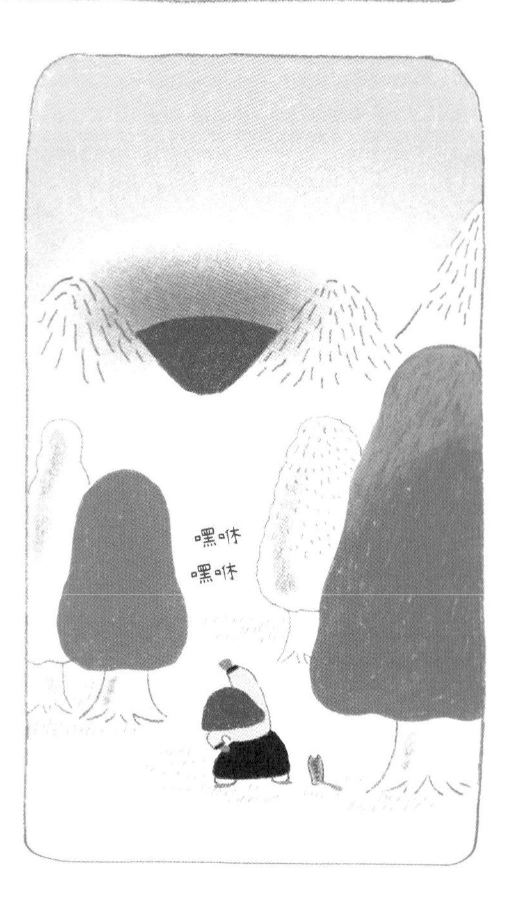
嘿咻
嘿咻

走開~
拍拍拍

去甜瓜田裡看看好了。

喵~
切一個來吃吃看。

粒粒飽滿呢。

明天得摘下來了。

咕嚕
咕嚕

看起來很好吃吧？
這是甜滋滋的蜜紅豆。

咪咪，不可以碰喔！我得拿去市場賣。

我出門了！

唉ㄞ唷ㄧㄛ喂ㄨㄟˋ呀˙ㄧㄚ!

大概走到一半的時候，
突然下起雪來。
我心裡有點害怕，
因為聽說這麼溫暖的日子下雪，
就會有雪虎出現。

咯吱 咯吱

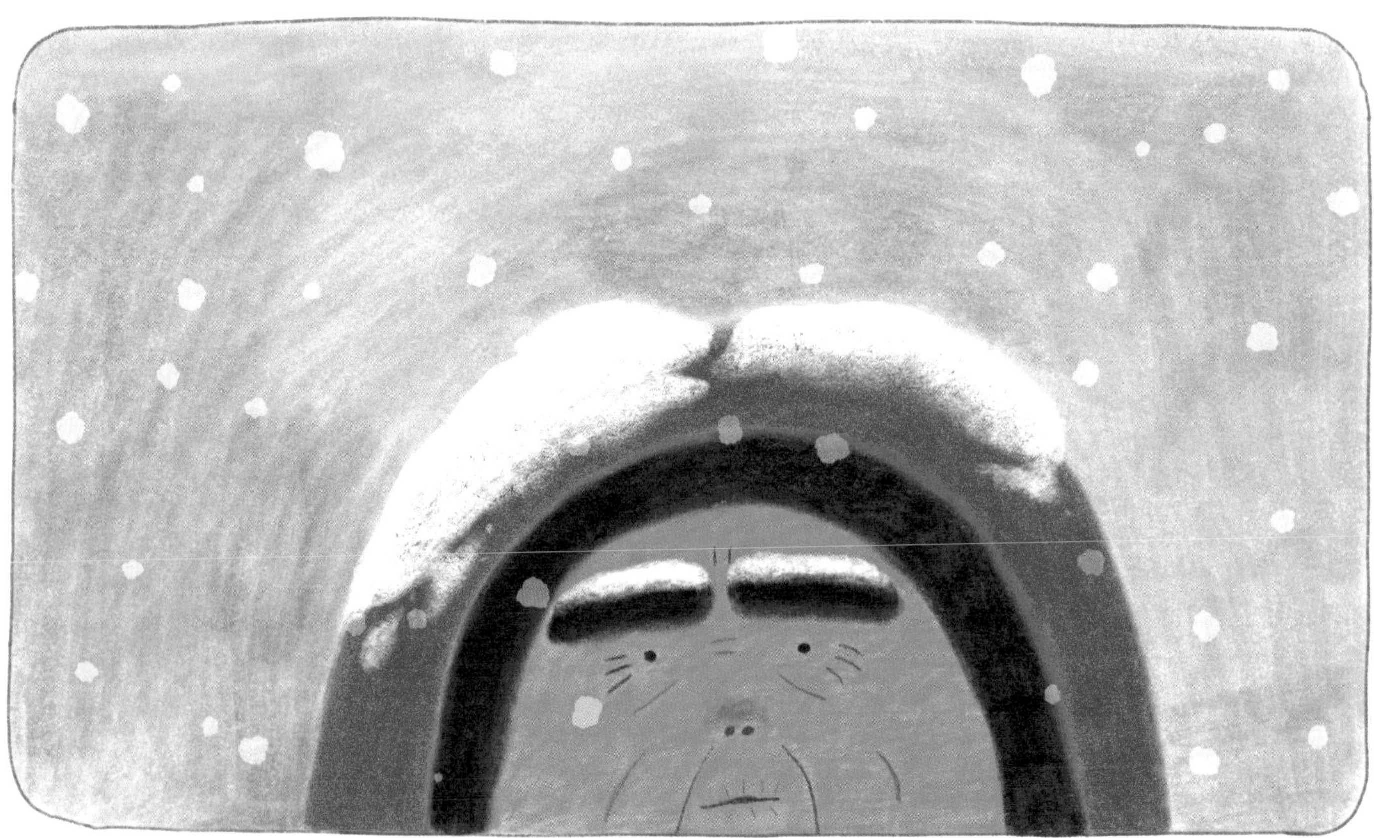

吼吼吼吼吼

給我好吃的，我就不吃你。

這個給你吃。

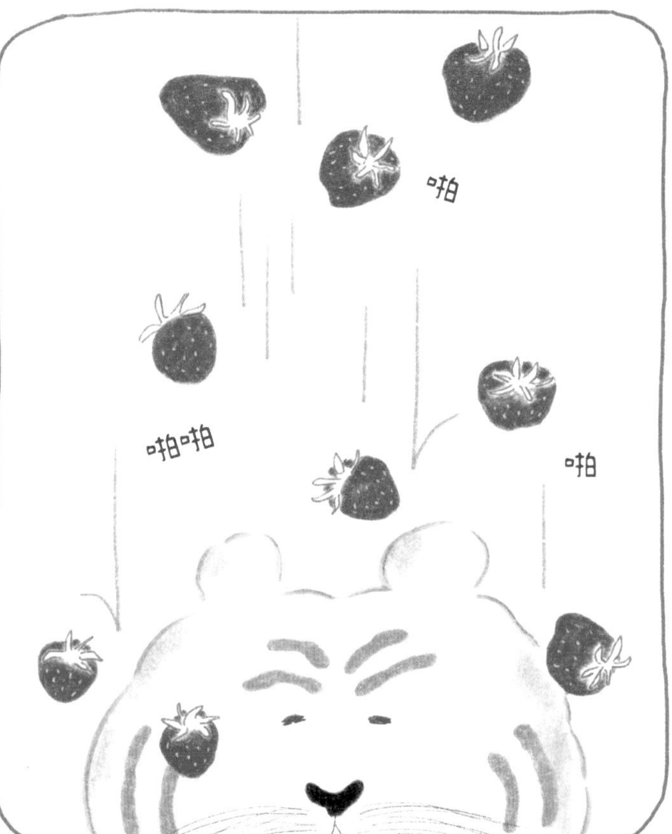
啪
啪啪
啪

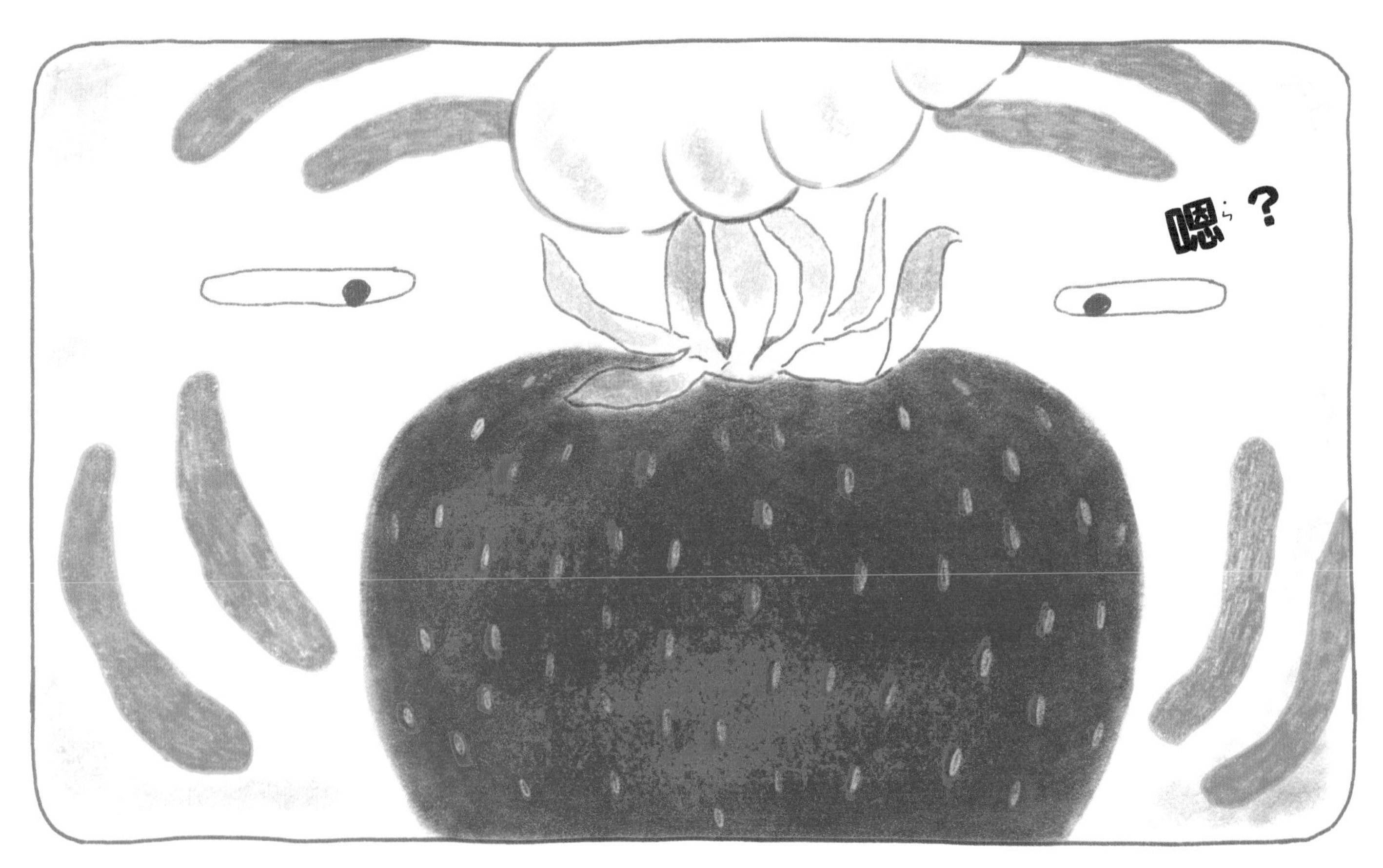
嗯？

酸酸甜甜甜蜜蜜

窸窣窸窣

左看看右看看

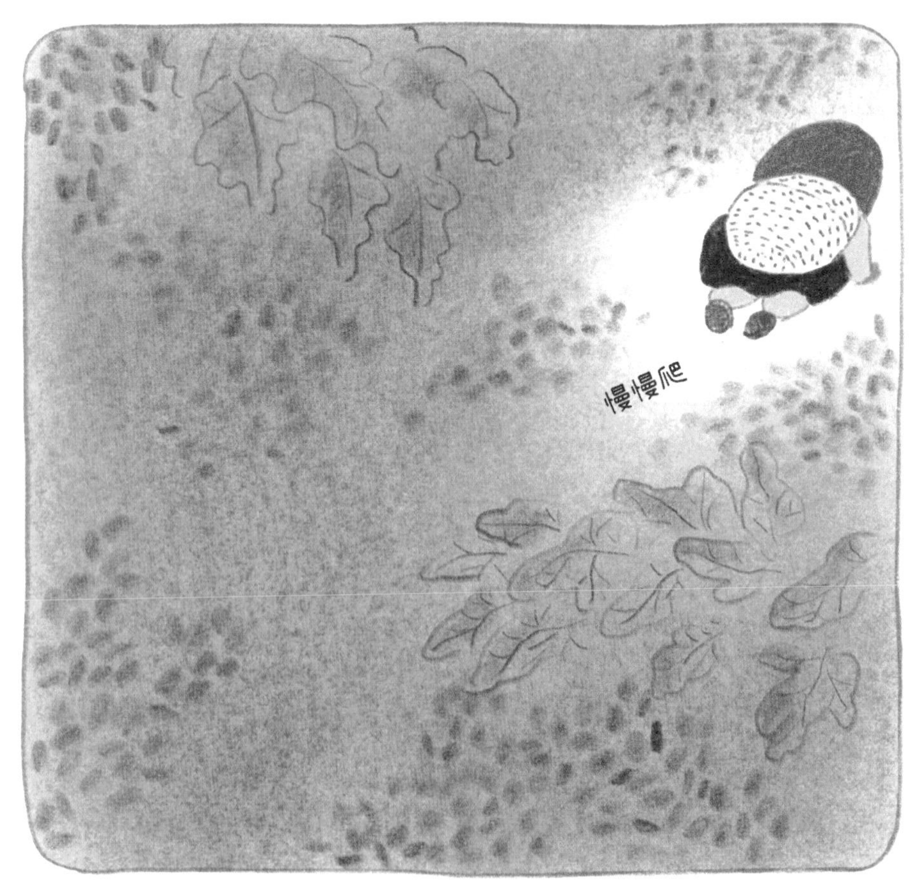
慢慢爬

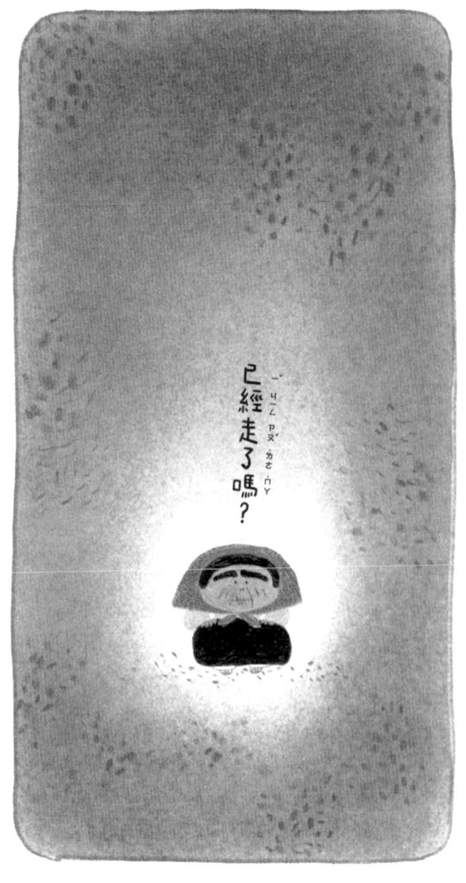
已經走了嗎？

給我好吃的，
我就不吃你。

不好吃就等著瞧。
那吃這個。

嗯……

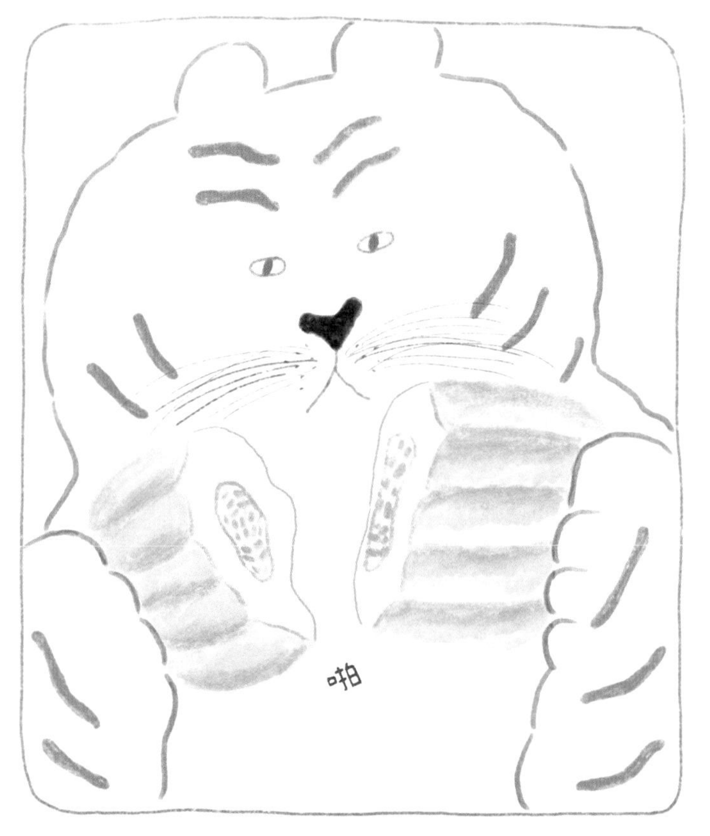

啪

好甜
蜂蜜
甜得像蜂蜜
好甜

噠噠噠
卡滋卡滋

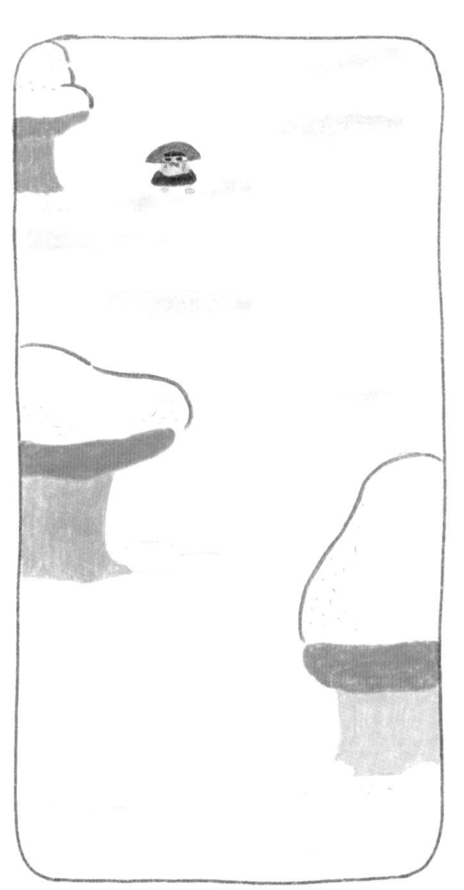

偷偷摸摸

嗷ㄠˊ嗚ㄨ

給我好吃的，我就不吃你。

別慢吞吞的，快一點。
戳戳

這是最後一個，真的沒有了！

喝！

不能吃種子，
不然肚子裡面
會長出西瓜。

差點就糟糕了。
一、二、三……
噠噠噠—

咻
噠噠噠噠
噠噠噠噠

搖搖晃晃

喀嚓

咧——
過不來了吧！

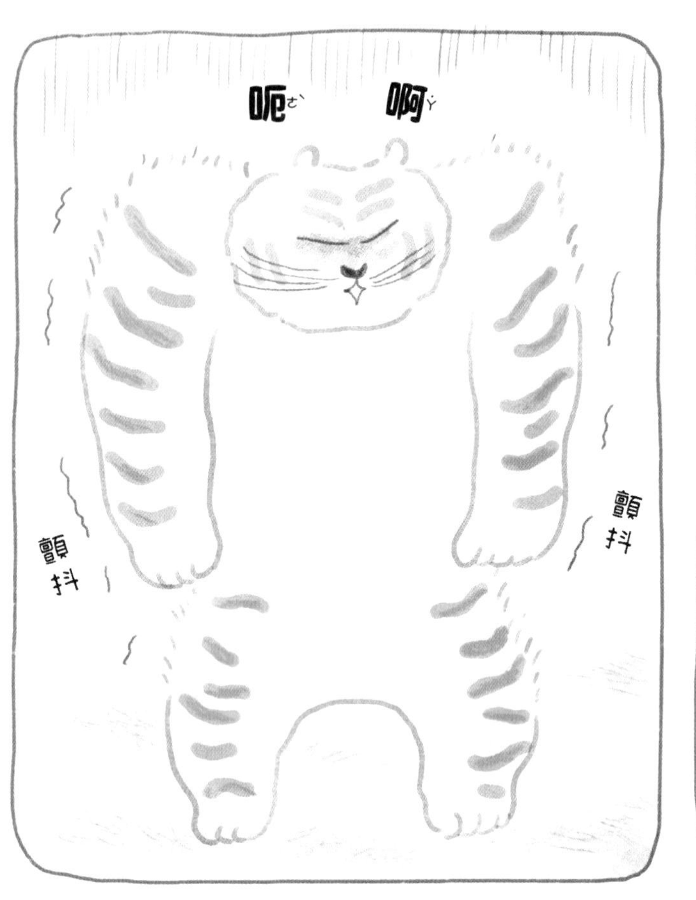
呃
啊
顫抖
顫抖

沙
沙
沙
沙

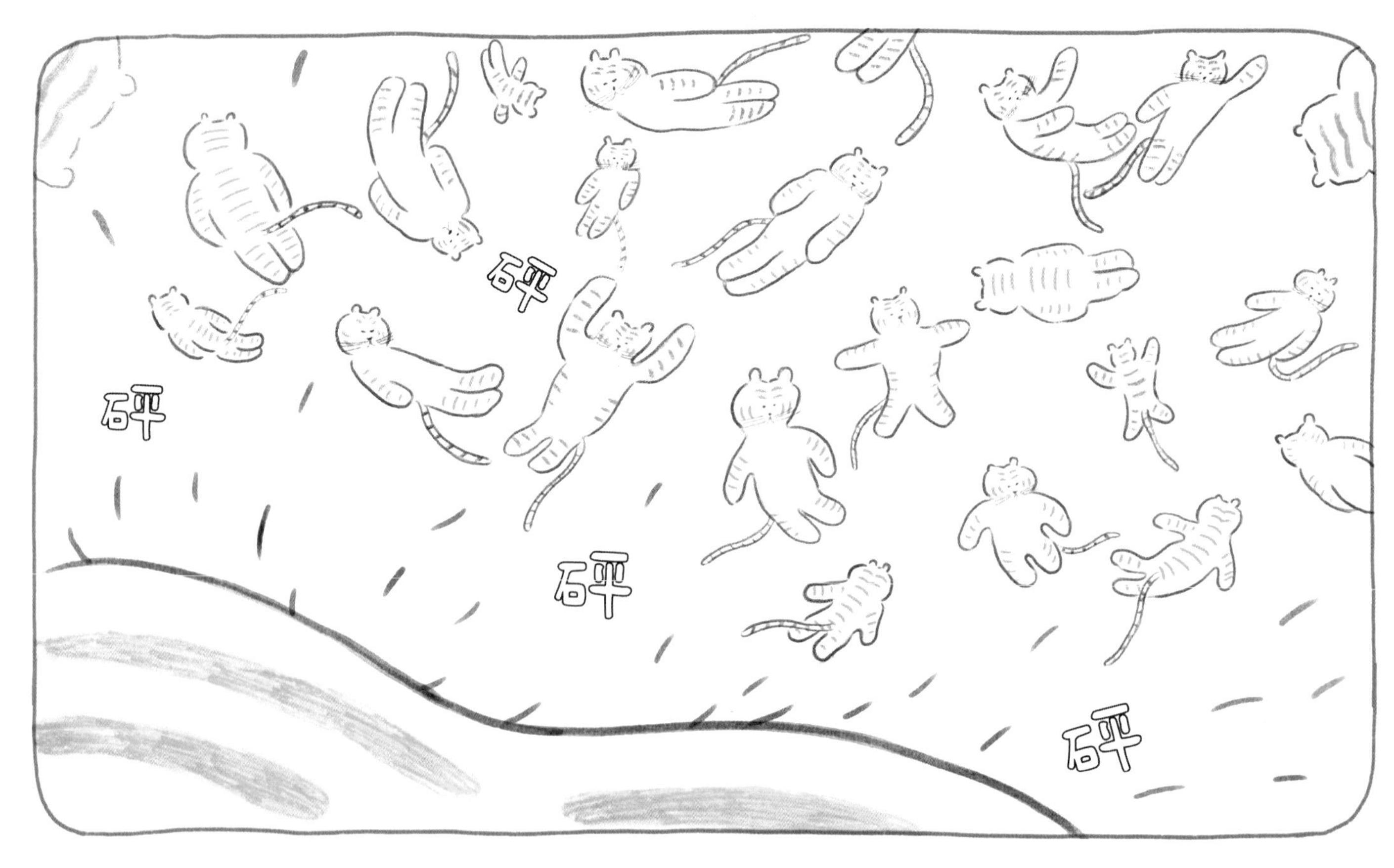
砰
砰
砰
砰

密密麻麻

喝ㄏㄜˋ

咚
咚
咚
咚
咚

哈ㄏㄚ哈ㄏㄚ哈ㄏㄚ哈ㄏㄚ哈ㄏㄚ哈ㄏㄚ

哈ㄏㄚ哈ㄏㄚ

再給我好吃的。

你已經全部吃光了。

不給我就吃了你！

隨便你。

把背包交出來！

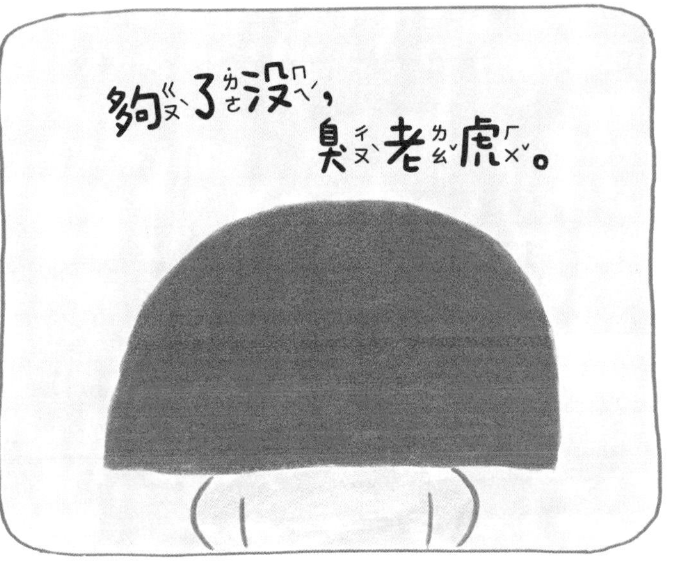
夠了沒，
臭老虎。

不可以！
交出來！

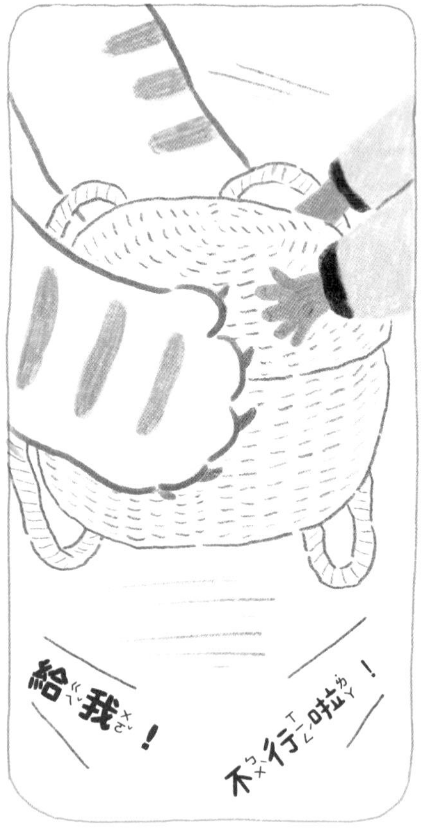
給我！
不行啦！

喔
啊

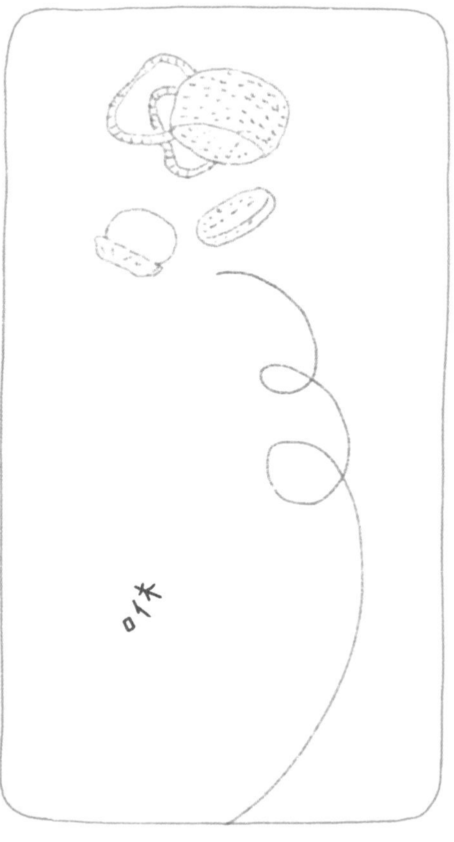
咻

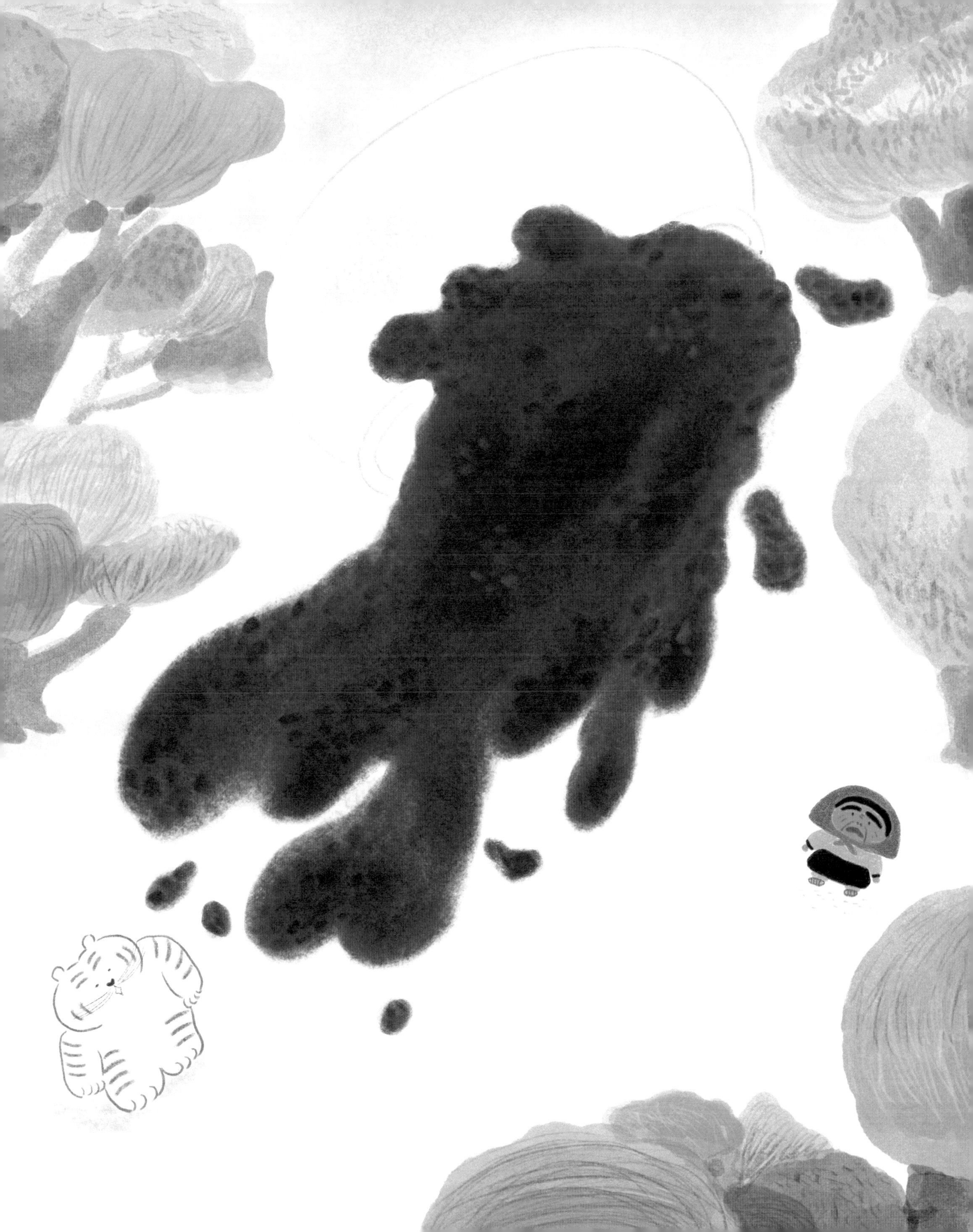

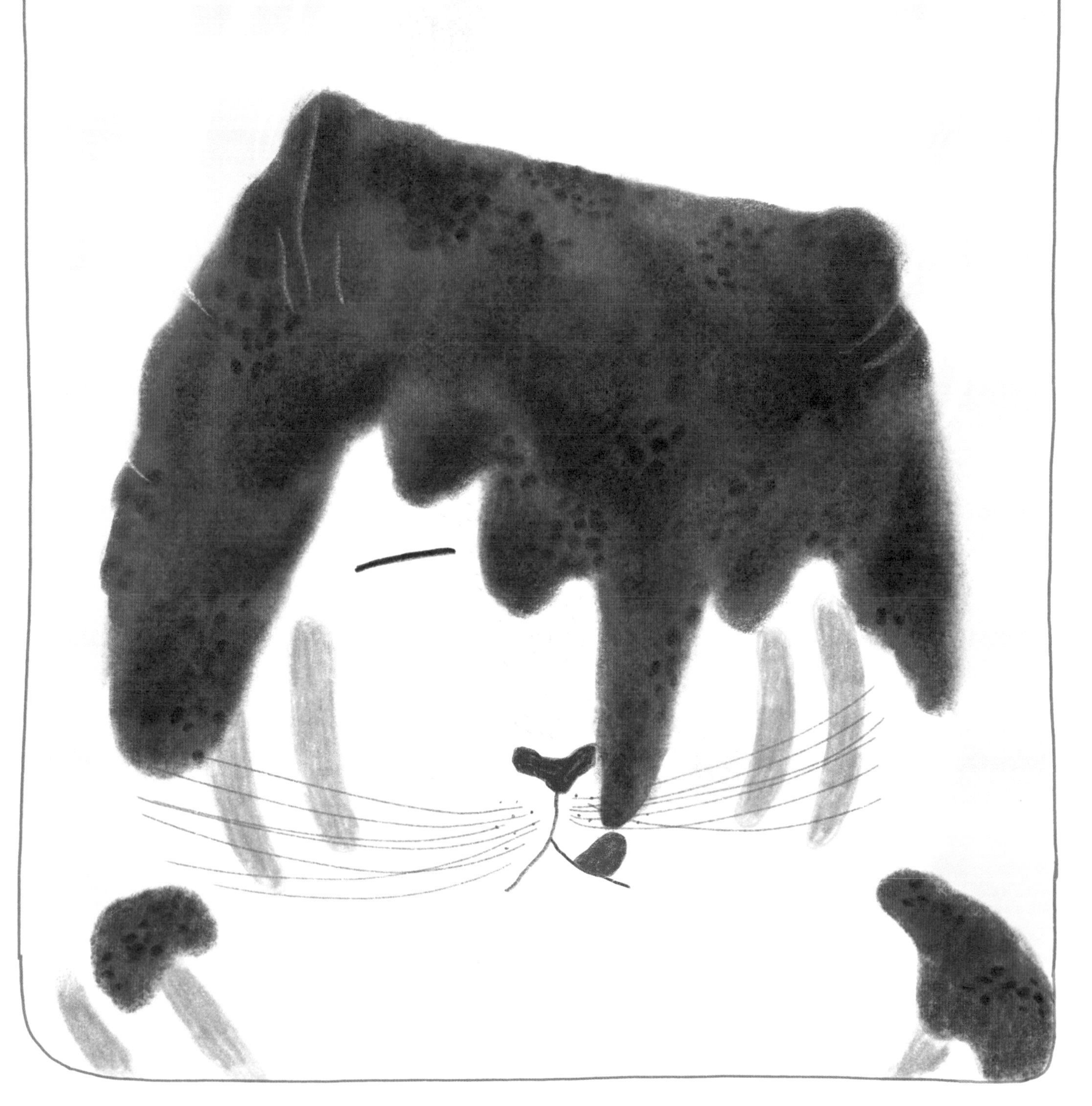
熱騰騰
熱騰騰

好好吃

好好吃
喔……

溶化　溶化

哩哩啦啦、

糟糕，變成大雜燴了！

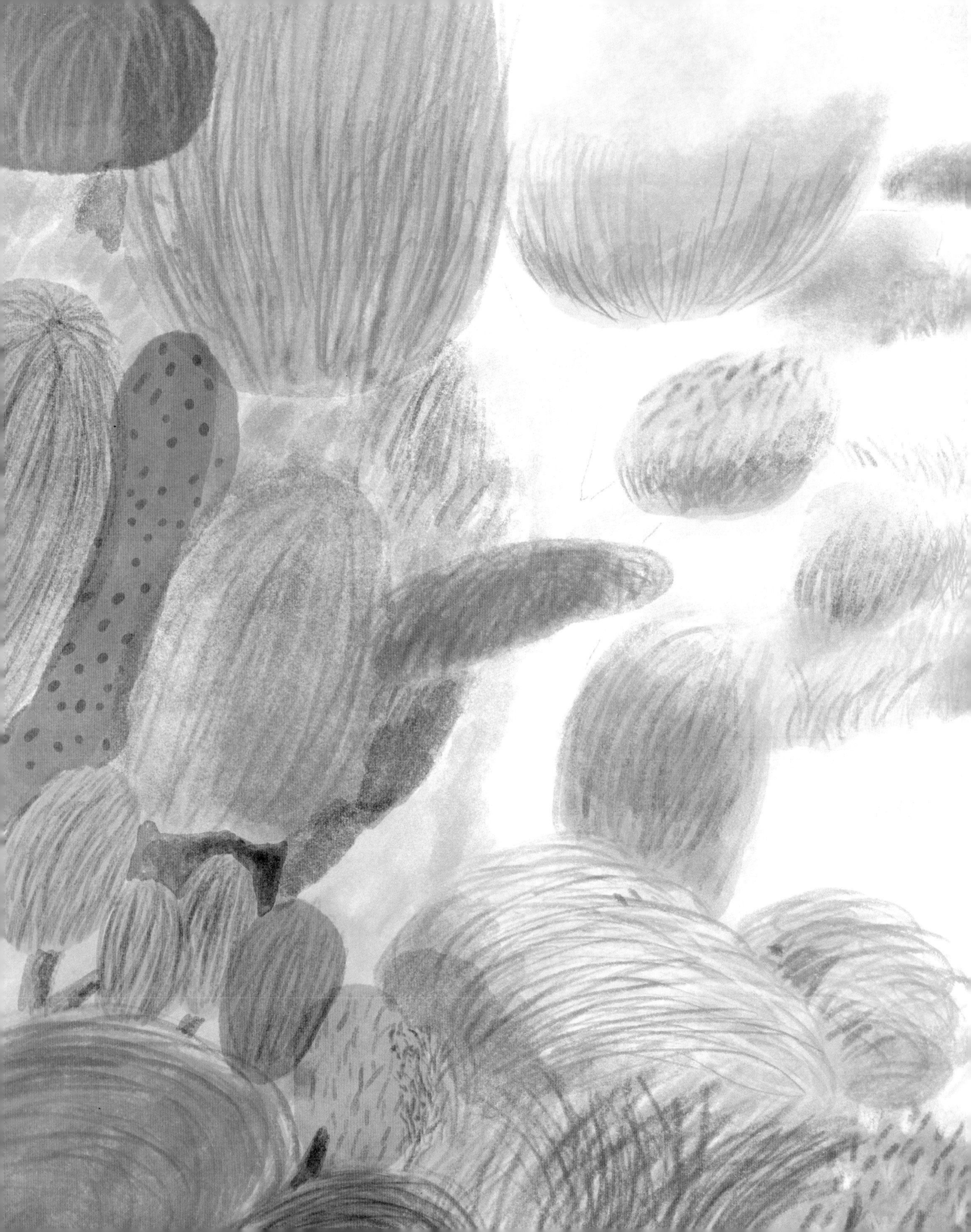

所以結果怎麼樣了呢？

還能怎麼樣，

我把大雜繪放進碗裡，

擺的漂漂亮亮，

拿去市場賣掉了。

不過「雪虎大雜燴」因為太好吃了，

超級受到歡迎。

這個消息很快的傳開了。

那個就是我們現在吃的紅豆刨冰。

你問我是不是真的？

我也不清楚，

聽說這就是紅豆刨冰的傳說。

希望我再說有趣的故事嗎？
給我好吃的，我就說給你聽。